CLAUDE DE COURLANS

Heures Grises

PARIS

JOUVE & Cⁱᵉ, ÉDITEURS

15, RUE RACINE, 15

MCMXIII

Heures Grises

CLAUDE DE COURLANS

Heures Grises

PARIS

JOUVE & Cᵗᵉ, ÉDITEURS

15, RUE RACINE, 15

MCMXIII

Heures Grises

> A qui sait rêver
> Les heures sont grises...

Tout comme dans la vie
Dans ce livre je mets,
Page à page suivie
Dans les feuillets fermés,

Mon âme de tendresse
Qui sait si mal s'ouvrir,
Mon âme de tristesse
Qui sait si bien souffrir.

PRIERE

O vous qui protégez si bien les tout petits,
Dont le geste défend les berceaux et les nids,
Vous qui, sachant le poids de toute la souffrance,
Sur l'humaine misère avez mis l'espérance,

Vierge à qui je confie en tremblant mes espoirs,
Que je prie à genoux les matins et les soirs,
Je vous fais tous les jours une ardente prière,
La même qui fleurit à tous les cœurs de mère !

Vous qui de vos deux mains tenez l'Enfant Jésus,
Ou dont les bras croisés ne se décroisent plus,
Vierge de cathédrale, et vierge de chapelle,
Vous toutes, la plus humble ainsi que la plus belle,

Vierge des paysans, sur des autels en bois
Où des lis en papier fleurissent à vos doigts,
Vierges qu'on voit de loin aux trop riches églises
Sur des trônes dorés, belles dames assises,

Et vous, vierge enfantine au visage arrondi,
A la tunique blanche, au manteau bleu raidi,
Vierges peintes aux murs en très anciennes fresques
Qui priez sur un ciel tout couvert d'arabesques,

O vierges des missels, au sourire enfantin
Aux grands yeux étonnés dans l'ovale si fin,
Et vous, vierge naïve au reposant visage,
Qu'on voit aux carrefours des routes de village,

O vierges de Memling, vierges de Raphaël,
Qui toutes, dans les yeux, avez un peu de ciel,
O vierge que l'on prie à tous les coins du monde,
Vous qui savez le doute et la peine profonde,

De tous ceux qui, vers vous, ne fût-ce qu'une fois,
Pour apaiser leur cœur ont élevé la voix,
Vierge des pénitents, vierge des enfants sages,
Qui toutes sont la Même aux multiples visages :

Celle qui de là-haut entend monter nos cris,
Marie de Bethléem, ô douloureuse Mère
Dont le cœur a saigné aux marches du Calvaire,
Qui pour sauver le monde a donné Jésus-Christ,

Vous qui tendez les fils dont Dieu tisse la vie,
O vierge des petits, bonne vierge Marie,
Dont le nom seul rassure et protège et défend,
Gardez toujours du mal le cœur de mon Enfant!

PLUS TARD

Quand tournera la page au livre du destin
Je vous accueillerai, vieillesse inévitable,
Ombre de mon soleil et soir de mon matin,
Sans retarder d'un jour votre œuvre inexorable.

Je laisserai sur moi peser vos gestes lourds,
Effaçant ma jeunesse un peu plus tous les jours.
Je laisserai marquer sur ma paupière brune
Les sillons de vos doigts, les rides, dont chacune

Se creusa d'une larme ou d'un cruel souci.
Vous éteindrez mes yeux, vous fanerez ma joue
Autour de mon visage au contour épaissi.
Et sur mon front plus pâle, où votre main se joue,

Je laisserai vos fils argenter mes cheveux,
Qui ne boucleront plus, moins légers, et je veux
Lorsque vous me prendrez ce qui fut mon sourire,
En mon cœur résigné ne pas trop vous maudire.

Sur la route où je vais, mes yeux verront moins bien,
Lorsque vous glisserez votre froid dans mes veines,
Le passé disparu, que l'avenir qui vient.
Ah ! que m'importeront alors mes beautés vaines !

Puisque je pourrai voir devant moi, triomphant,
Monter sur les chemins le pas de mon enfant !
Retrouvant ma gaieté aux éclats de son rire,
Mon bonheur passera dans l'air qu'elle respire.

Je pourrai, me mirant aux reflets de ses yeux,
Me ressuscitant toute en son charme fragile,
Revivre jour à jour tout mon passé joyeux,
Au rythme de son cœur battra mon cœur débile,

Quand sur sa joue en fleur attardant mon baiser
Comme un beau fruit, j'aurai sur mes lèvres posé,
Arome au goût de miel que son printemps m'apporte,
Tout le parfum vivant de ma jeunesse morte.

A MA FILLE

Tu m'as dit tout à l'heure avec un grand soupir :
«Oh! quand je serai grande!»...Ah! comme l'avenir,
Petit cœur ignorant, te tourmente et t'appelle !
Mon amour n'a-t-il pas fait ta vie assez belle !
Sais-tu que tous les jours, les heures, les instants
Filent le fil léger et tissent tes printemps ?

Songe que tu grandis, lorsque sur mon épaule
Ton cher petit visage à ma tête se frôle,

Et tu grandis pendant que le jour va mourir,
Pendant que cette rose au soleil va s'ouvrir,
Pendant que le soir tombe, ou que la brume claire
Comme un rideau qu'on tend, monte sur la rivière,

Pendant que tes beaux yeux, alourdis de sommeil,
Se ferment pour s'ouvrir d'un sourire au réveil.
Songe que tous les jours un peu moins je me penche,
Rose vers son bouton pliant souvent sa branche,
Pour lire ta pensée au fond de tes grands yeux,
Ou pour mettre un baiser à travers tes cheveux !

Plus tard, mon bel amour, c'est le nid qu'on déserte,
Pour suivre son destin, laissant la porte ouverte,
Sans regarder les vieux qui restent au foyer,
Qu'un sourire d'enfant ne vient plus égayer !
C'est un peu plus de joie, et c'est bien plus de peine,
C'est l'ombre du bonheur qu'on ne saisit qu'à peine...

Et ce sont les deux fronts qui se penchent vers toi
Qui sont un peu plus las, plus soucieux parfois ;
Tout changera, vois-tu : les visages, les âmes,
Le ciel et la maison, ton refuge, ton toit :
Rien ne sera pareil à tes regards de femme,
Les cœurs ni l'horizon, les printemps ni les bois,

A ce qu'auront gardé, image merveilleuse,
Les grands yeux étonnés de ton enfance heureuse !
Pourquoi ne pas rester à l'ombre du bonheur,
O mon doux oiselet, là tout près de mon cœur,
Avec son teint ambré et sa grâce première,
Une enfant souple et forte aux grands yeux de lumière ?

Que peut-il t'arriver jamais de plus joyeux,
De plus beau, de plus tendre et de plus merveilleux,
Que d'être, en ce beau soir où l'été se recueille,
Tout près de ta maison sous le parfum des feuilles,
Où dans l'ombre le vent mène son jeu mouvant, —
Entre mes bras fermés, mon cher petit enfant !

LES SOUVENIRS

Mon cœur, mon jeune cœur, aux bondissants désirs,
Laissons le temps passer, emportant ses plaisirs,
Et cueillons la beauté de l'heure qui s'envole,
Qu'elle soit attendrie, émouvante ou frivole,
Recueillons bien les voix, les gestes, les contours,
Dans la douceur de l'ombre ou la clarté des jours.

Je voudrais tant garder pour les lier ensemble
Nos moments de bonheur quand l'été nous rassemble,
Au vieux nid de famille, à la belle saison,
Quand nos rires joyeux emplissent la maison :

Pendant les soirs d'été, sur la terrasse blanche
De la chère demeure, au vieux toit qui se penche,
Abritant nos bonheurs, nos peines, nos chansons,
Quand tous nous sommes là et que nous devisons
Devant la belle nuit où la chaleur s'apaise,
Quand chacun dit son mot ou bien rêve à son aise
Laissant un grand silence après des cris joyeux,
Écoutons bien, mon cœur, ouvrons tout grands les yeux
Pour voir sur le grand bois, montrant sa blanche face,
La lune qui s'éteint quand un nuage passe.
Essayons de fixer, pour la revoir après,
La tache qu'au mur blanc allonge le cyprès,
La clarté d'un profil sous une tresse brune
Et la couleur que prend le gravier sous la lune,
L'ombre que fait la mousse aux creux de l'escalier.

Écoutons sous le vent le chant du peuplier
Et l'aboiement du chien dans la ferme lointaine
Et le cri du grillon qui vibre sur la plaine
Et l'appel amoureux des crapauds, et le bruit
Que fait la feuille sèche en tombant dans la nuit.
Écoutons bien la voix, le ton et la parole
Et le rythme alterné de la rime qui vole
Quand, au milieu de nous, la voix d'un être cher
Sur la beauté du soir murmure quelques vers...

Et plus tard, quand le temps qui jamais ne s'arrête
Aura terni mes yeux, aura blanchi ma tête,

Dans la vieille maison dont le seuil déserté
Ne s'ouvrira plus guère aux soleils de l'été,
Quand, autour du foyer des places seront vides
(Si je suis encore là — et Dieu veuille que non —)
Pour pleurer les absents et pour compter les vides,
Je reviendrai encor m'asseoir sur le balcon
De la chère maison dont le vieux toit se penche :
Je verrai sur le bois monter la lune blanche,
J'entendrai sous le vent du peuplier le bruit,
Et je retrouverai sous tes voiles, ô nuit,
Les ombres qui passaient sur tous les chers visages,
Et je découvrirai à travers tes nuages,
Comme d'anciens bijoux dans des écrins fermés
Des beaux soirs d'autrefois les souvenirs aimés !

Pendant les heures d'ombre ou les jours de lumière
Pour tisser des bonheurs sur leur trame légère,
Mon cœur, mon triste cœur, aux languissants soupirs
Travaillons bien tous deux, faisons des souvenirs !

Courlans, 1911.

ADIEU A COURLANS

Demain nous partirons : toujours il faut partir,
Gardant toujours la peur de ne pas revenir !
Demain nous serons loin dans le bruit de la ville,
Quand la vie aurait pu être là si tranquille !
Veux-tu que nous allions dire adieu au jardin :
Je voudrais voir encor briller sur toutes choses
Dans la douce clarté de ce dernier matin
Notre dernier soleil, voir nos dernières roses,

Dans le simple jardin dédaigneux du grand art,
Qui nous offre ses fleurs, en touffes, au hasard,
Mêlant les dahlias, la sauge violente,
Aux phloxs trop parfumés que l'abeille tourmente.
Viens-t'en sous les sapins où l'ombre s'épaissit :
Là, tant de fois, l'été nous nous sommes assis
Pour fuir du grand soleil la chaleur trop ardente
Ou du midi doré la lumière accablante !

Nous prendrons le chemin qui s'allonge sous bois,
Avec ses bords roussis et ses tournants étroits,
Le pont sur le ruisseau qui passe dans la plaine...
Allons revoir encor notre vieille fontaine,
Qui coule calme et lente à l'ombre des lilas,
Vois, dans l'onde glacée où j'ai plongé mes bras,
Le grand saule se penche et mire à l'eau si claire
Ses rameaux découpés en dentelle légère.

Et le long du grand mur nous reverrons les bancs
Où nous venions rêver, les petits et grands
En nous serrant un peu, pour être tous ensemble,
Revenus près du nid où l'été nous rassemble !
Dans le calme du soir nous goûtions la fraîcheur,
Quand du soleil couchant la dernière lueur,
Glissait sur le chemin de la ferme voisine
Où rentrait le troupeau dans le soir qui décline.

Et l'escalier de pierre où tintaient nos chansons,
Lorsqu'en essaim joyeux le soir nous le montions...
Viens, je voudrais m'asseoir sur la terrasse blanche
Où nous restions très tard pour voir, entre les branches,
Monter la lune blonde allongeant sur les prés
L'ombre du sycomore et des tilleuls dorés,
Je veux revoir la source où les grands bœufs vont boire
Sous les sapins pressés à l'ombre fraîche et noire.

Veux-tu que nous fassions quelques pas dans les prés
Que la colchique mauve a déjà décorés?
Et de là nous verrons, blanche dans la verdure,
La maison qui attend dans le calme, très sûre,
Pendant de si longs jours et sans rien voir venir,
Que nous soyons tous là pour enfin se rouvrir!

O mon passé lointain, ô ma petite enfance,
O mes printemps d'alors, embaumés d'innocence,
C'est vous que je retrouve aux détours des chemins,
Vous qui me souriez quand je vous tends les mains...

Et puis rentrons, vois-tu, tout cela me déchire!
Je souffre à le quitter plus que je ne peux dire...
Dans un dernier regard je voudrais retenir
Tout ce que j'aime tant, tout ce qui va finir,

Toutes les douces voix et les tendres murmures
Les visages aimés et les chères figures,
L'ineffable repos, le rire et la gaîté
Et toute la splendeur de ce dernier été !

Ah ! plus tard, si la vie, un jour, bien moins clémente,
En passant sur nos fronts déchaîne la tourmente,
Nous viendrons retrouver, comme l'oiseau son nid,
La maison de l'enfance où le passé revit !

LA VIEILLE MAISON

La nuit tombe, et bientôt à la lampe allumée
Le soir se répandra dans la chambre fermée.
Je sais que le soleil défaille à l'horizon,
Mais je ne puis rien voir que les murs, les maisons
Que d'autres comme moi, et d'autres après moi
Que je ne connais pas, auront aussi pour toit.
Je ne vois pas le ciel par la fenêtre ouverte
Et ma chanson du soir par le bruit est couverte.

Alors, tout en rêvant, mon cœur évoquera
Au fond d'un petit coin de mon lointain Jura,

Dans le jardin flétri qui n'a plus une rose
Une vieille maison qui sommeille et repose.
La porte en est fermée, et les volets sont clos,
Les pas sur le chemin n'éveillent plus d'échos...
Tout au fond de mon cœur, j'entendrai la voix chère
Monter parmi les bruits en rumeur familière.

Voix de tout un passé, de tous les souvenirs
Qui dans l'ombre du soir vers moi vont revenir :
« Pourquoi toujours partir et chercher les mirages
De nouveaux horizons et d'autres paysages ?
Pourquoi donc me laisser ? As-tu peur des hivers ?
As-tu peur de la neige attristant mes prés verts ?
Tu me quittes toujours lorsque rougit l'ailante
Lorsque du fond du pré monte la brume errante !

Tu ne sais pas quelle ombre, au mur, font en janvier
Le sapin toujours vert et le long peuplier ?
Et tu n'as jamais vu mes aubes en décembre ?
A peine connais-tu l'automne au manteau d'ambre ?
Si tu voyais ce soir le coucher du soleil
Sur mes carreaux fermés qui reflètent le ciel !
Ma façade s'empourpre et dans les chambres closes
Un oblique rayon met des lumières roses.

Oui, je sais, tu regrettes, tu voudrais rester...
On t'appelle, on t'attend, il faut bien te hâter...
Tout au bout de l'allée où vous passez très vite,
Le baiser qu'on envoie et le gant qu'on agite
Me sont vos chers adieux dont je vivrai longtemps,
Tout un brumeux hiver et tout un clair printemps,
Et je reste bien seule, éteinte, abandonnée,
Attendant les beaux jours de la prochaine année.

En hiver, je sais bien, je n'ai rien qu'un ciel gris
Au lieu des feux brillants de ton brillant Paris.
Faut-il donc pour te plaire être toujours parée ?
Malgré tous les plaisirs et les heures dorées
Lesquels de tes séjours, bruyants et passagers,
Ne t'ont paru parfois vides ou étrangers ?
Ces murs où tu veux vivre ont-ils vu ton enfance ?
Ont-ils connu tes jeux et tes jours d'innocence ?

Est-ce que tu pourrais évoquer parmi eux
Le geste ou bien la voix, le sourire ou les yeux
De ceux qui sont partis pour le lointain voyage ?
Moi, j'ai gardé pour toi intacte leur image,
Tes chagrins, tes bonheurs, je les ai partagés,
Tes souvenirs d'enfants, sans les avoir changés
Comme un trésor sans prix, en jalouse gardienne
Pour te les rendre tous, j'attends que tu reviennes.

Quand tu voulais rêver, n'avais-je pas toujours
Un coin plus recueilli, un silence plus sourd ?
Quand tu voulais, le soir, contempler les étoiles,
Le ciel sur mon vieux toit n'était-il pas sans voiles ?
Dans les jours de bonheur, dans les étés joyeux,
N'ai-je pas renvoyé tous vos appels nombreux ?
Mes vieux murs résonnaient à votre gaîté folle,
Mon écho redisait la chanson qui s'envole !

Puis aussi, souviens-toi, dans les heures de deuil,
Pour pleurer avec vous, n'ai-je pas sur mon seuil
Mis une ombre au soleil, aux bruits une sourdine
Et pris cet air fermé sous lequel on devine...
N'ai-je pas abrité tous tes rêves d'amour ?
N'ai-je pas accueilli tes amitiés, toujours ?
Et quelle autre que moi te dit les heures sombres,
Où ta peureuse enfance, écoutant dans la nuit

Les yeux tout grands ouverts, tremblait au moindre bruit,
Petite tête folle, espiègle aux boucles d'ombre !
Je suis l'amie au cœur qui ne change jamais,
Celle que l'on retrouve et celle qui remet
Comme un dépôt sacré, au cœur qui lui demande,
Des souvenirs d'antan, la merveilleuse offrande...
Il est des jours, vois-tu, où las du monde vain
On a besoin de paix et soif de calme enfin...

Je sais qu'un jour viendra où ton âme assagie
Du doux nid que je suis aura la nostalgie...
Je sais que ce jour-là, loin de tous tes plaisirs,
Vers la vieille maison ramenant tes désirs,
Je sais que tu viendras, plus tard, bientôt, demain peut-être...
Je sais que tu viendras, tu n'auras qu'à paraître,
Que ce soit en hiver, que ce soit en été,
Que mon seuil soit fleuri ou mon parc dévasté,

Que ce soit un jour clair ou bien une nuit sombre,
Que tu viennes à moi le front tout chargé d'ombre,
Ou le cœur débordant d'un bonheur passager,
Je serai là : vois-tu, tout passe et peut changer :
L'ombre que fait un jour au chemin de la vie,
L'image du bonheur sans cesse poursuivie :
Il n'est rien d'immuable hors le cours des saisons
Et le fidèle accueil des très vieilles maisons !

LE RETOUR

Nous avons fait tous deux un cher pèlerinage
En allant retrouver, au terme du voyage,
Le nid de ton enfance, au fond du vieux Berri
Que Novembre attristait sous le ciel bas et gris !
Sous les arbres jaunis, les persiennes bien closes,
Le vieux logis dormait du grand sommeil des choses ;
De tous ceux qui t'aimaient les bons regards éteints
Se sont clos pour toujours dans les nuits sans matins,
Pas un appel joyeux, pas une voix n'accueille
Le cher bruit reconnu de tes pas sur les feuilles !

Sur le dernier départ le seuil s'est refermé
Sans que jamais depuis, ni le radieux mai,
Ni le frileux hiver, ait ranimé la vie
De la chère maison dans la paix endormie !

Et tu me dis : « C'est là, lorsque j'étais petit... »
Tu n'en as pas dit plus, car ta voix se perdit,
S'embrumant tout à coup d'une larme cachée...
Mais, va, j'ai bien compris la phrase inachevée
A voir soudain monter, tout au fond de tes yeux,
De tout ce qui n'est plus le regret douloureux.
Comme tes mains tremblaient, mettant à la serrure
La vieille clé rouillée à l'antique ferrure !...
Sans oser nous rien dire, au seuil nous arrêtant,
Nous avons eu la peur, que nos pas en entrant,
Fassent s'enfuir bien loin, glissant dans les coins sombres
Des fantômes légers, des souvenirs, des ombres...
Nous avons repoussé les volets tout d'un coup,
Pour que le grand soleil en se glissant partout,
Soulevant dans les coins tout l'or de ses poussières,
Vînt ranimer pour toi les choses familières...
Là c'était le bureau, ton père s'y reposait
Tandis que dans un coin, très sage, tu lisais
Dans le vieux livre rouge aux naïves images.
Où ton doigt en suivant se marquait sur les pages.
La vaste cheminée, aux chenêts refroidis,
Vous réchauffait alors, les vieux et les petits,

Quand le vent se glissait sous les fentes des portes
Et faisait au dehors tourner les feuilles mortes.
Oh ! vous aviez très peur, les deux petits garçons :
Les meubles en craquant vous donnaient des frissons...
Dans le grand salon gris, les toiles d'araignées
Ont mis leur mousseline aux chaises alignées :
C'est là qu'était l'album aux contes merveilleux
Qu'on vous montrait le soir, quand, las des cris joyeux,
Vous veniez vous asseoir tout autour de la table,
Petits fronts rapprochés, les yeux tout pleins du sable
Que le marchand de rêve en passant vous jetait,
Souvent alors sans vous, l'histoire se contait...
Et tous les vieux portraits dont le cadre s'abîme,
T'ont regardé venir de leurs bons yeux intimes,
Tous ont semblé sourire en revoyant chez lui
Le gamin d'autrefois dans l'homme d'aujourd'hui.
Et tes yeux tout à coup ont fixé la fenêtre,
Espérant, malgré toi, peut-être y voir paraître
Une chère figure au doux sourire las
Avec des cheveux blancs, qui si longtemps fut là !
Le jardin d'autrefois, aux fleurs abandonnées,
Tu l'as bien reconnu, malgré que les années
Aient roussi la pelouse et grandi les buissons :
La feuille qui s'envole a les mêmes frissons,
Les pas, le même bruit sur le sable qui crie,
L'oiseau, le même chant sur la branche qui plie...
Là, rien n'a dû changer, et pour tes yeux, le ciel
Alternait la même ombre et le même soleil !

Nous avons retrouvé la place favorite
Où vous vous reposiez d'avoir couru trop vite :
C'est le même poirier, et son ombre, en tombant,
Couvre la même table avec le même banc.
Sans rien dire, un instant tes yeux l'ont bien fixée,
Avec toi j'ai revu, devinant ta pensée,
Les deux petits garçons essoufflés et joyeux,
Qu'on grondait d'un baiser pour les apaiser mieux !
Et tu croyais toujours au détour d'une allée
Entendre une voix chère à jamais en allée
Dire ton nom d'enfant que tu croyais perdu
Pour ne l'avoir depuis plus jamais entendu !...
Et tes mains sur les murs frôlaient toutes les pierres
Où les jours d'autrefois ont semé leurs poussières,
Et tes yeux regardaient l'horizon familier,
Le jardin en terrasse, avec son escalier,
La blancheur de la route, et la haie et la plaine,
Et le lierre qui couvre à demi la fontaine,
Comme si tu voulais à jamais emporter,
Pour l'imprimer en toi, pour toujours le garder,
Le cadre où s'écoula ton enfance ravie,
Qui pour toi renferma l'univers et la vie !

Alors j'ai bien compris, devant tout ce passé
Qui, sous nos yeux soudain, venait de se dresser,
Et ta peine infinie, et toute ta souffrance,
A te sentir tout seul dans la vie, et d'avance,

En retenant bien fort ta main dans mes deux mains
J'ai lié cet hier à tous nos lendemains...
J'ai compris que j'avais, pour guérir ta tristesse,
Un talisman unique, une seule richesse,
Un trésor qui s'en va grandissant chaque jour :
Ma profonde tendresse et mon fidèle amour !

Saint-Benoist-du-Sault, 1911.

AU LAC MAJEUR

I

J'ai tant rêvé de vous, ô pays merveilleux,
Que j'ai cru retrouver, vous ayant sous les yeux,
Un paysage aimé, entrevu dans un songe,
Car j'ai bien reconnu le beau lac qui s'allonge
De l'antique Arona vers la claire Luino
Et tes rives en fleurs, limpide Ticino,
Et les reflets moirés des eaux calmes et sombres
Où se mirent, inverses, dédoublant leurs ombres,

Les collines, les monts, aux contours irréels...
Je vous ai reconnus, et vous êtes bien tels :
Baveno indolent, qui s'éveille ou repose
Au chant clair des marteaux taillant le granit rose,
Stresa, vous que j'ai vue endormie un beau soir,
Avec vos mille feux scintillant dans le noir.
Et vous, ville au nom doux comme un vol de colombes,
Pallanza la jolie, où les blanches palombes
S'envolent devant nous, lourdes sur les pavés...
Oui, vous êtes bien tels que je vous ai rêvés
Avec votre ciel pur que le soir teint de rose
Et votre air embaumé par l'haleine des roses !

II

Quel caprice de fée un jour vous mit donc là,
Pescatori, Madre, douce Isola Bella !
O jouets somptueux sur les eaux transparentes,
Le soleil amoureux, de caresses ardentes
Vous dore et vous embrase : O l'Isola Madre
Où dans les cyprès noirs le palais délabré,
Semble une perle rose au fond d'un écrin sombre,
Et toi sortant des eaux comme un rayon de l'ombre
Toi, la douce Bella dont les bosquets fermés
Déploient au grand soleil leurs trésors parfumés !
Je connaissais déjà tes jardins, tes terrasses,
Et tes cactus géants aux larges feuilles grasses.

Il me semble qu'un jour mon regard se posa
Sur tes sombres lauriers et tes grands mimosas,
Tes paons majestueux, tout blancs dans l'herbe verte,
Et tes faisans dorés, hors de la cage ouverte,
Silencieux, légers, bondissant sous les buis.
J'ai déjà vu tes vasques de granit, et puis
Tes escaliers profonds où des voûtes de lierre
Mettent une ombre fraîche à l'ardente lumière,
Et trop lourds de parfums, tes opaques buissons
Qui n'ayant pas un nid n'ont pas une chanson !

III

Le soleil au déclin plonge au flot clair ses flammes
Et la barque qui glisse au rythme de ses rames
Semble un léger insecte aux élytres dorés
Ridant à peine l'eau de son vol mesuré ;
O miroir pur que trouble une brève seconde
Le friselis léger de la brise sur l'onde,
Apportant jusqu'à nous l'odeur des citrons d'or
Qu'on voit se refléter à l'eau calme du bord !
Une horloge très loin laisse tomber les heures
Accompagnant le chant d'un violon qui pleure...
Et la nuit va venir, plus douce que les jours,
La nuit enchanteresse et propice aux amours...

Des parfums plus troublants monteront des allées,
Mêlant le goût amer et frais des azalées
A l'arome sucré des grands magnolias.
A la clarté du soir, les lourds camélias
Se pencheront, tout blancs dans leur feuillage sombre
Au miroir du flot clair qui dédouble leur nombre.
Odeur des grands rosiers et des orangers verts,
Montez comme un encens des calices ouverts,
O charme alanguissant, parfum des Borromées,
Qui posez, en passant, sur mes lèvres fermées,
Dans l'ombre de la nuit ou la clarté du jour,
Avec le miel des fleurs, tout le goût de l'amour !

IV

Pourquoi ne pas rester sur ces rives bénies
Pour vivre et pour aimer, voluptés infinies !
Oh ! qui sait si jamais un jour nous reviendrons
Rêver près des lauriers et des rhododendrons
Devant le lac d'azur, sous le ciel qui s'irise.
Et retrouverons-nous jamais cette heure exquise,
Où l'être tout entier, grisé de tant d'ardeur,
Ne sachant plus qu'aimer, défaille de langueur,
N'ayant plus qu'un désir et qu'une seule envie,
La beauté de l'amour, la douceur de la vie !

Oh ! pouvoir vivre là, dans un rêve sans fin,
Laissant couler les jours, et retrouver enfin
Dans la couleur du ciel, dans l'odeur de la brise,
Un avant-goût divin de la terre promise...
Dans toute ta beauté, ô pays des amours,
Le paradis perdu que nous cherchons toujours !

Stresa, 1912.

LE BONHEUR

Si tu trouves un jour le Bonheur en chemin
Et si, par aventure, il te prend par la main,
Sans élever la voix et sans tourner la tête,
Suis-le et n'en dis rien : cache ton âme en fête.

Son air est si timide et si tendre à la fois
Que sans le reconnaître on le croise parfois ;
Il va le front baissé et son geste ramène
Son voile replié sur son sourire amène.

Il n'est pas costumé de somptueux atours,
Sa tunique est tissée à la couleur des jours,
Sa voix est dans le bruit si ténue et si frêle,
Qu'en chantant près de nous, il ne fait qu'un bruit d'aile,

Et le bouquet qu'il tient entre ses bras fermés
N'a pas l'éclat trompeur ni l'orgueil parfumé :
C'est le bouquet léger des roses dans les haies,
C'est l'arome discret des fleurs simples et vraies.

Si tu veux le garder dans ton jardin secret,
Laisse le monde vain agiter son hochet :
Songe que vers ses pas tant de mains sont tendues
Et qu'à tant de foyers son heure est attendue !

Il ne sait pas sourire aux passants curieux,
Il vous veut avec lui pour le défendre mieux,
Frères sûrs et discrets, gardiens de toutes choses:
Mystère aux yeux baissés, Silence aux lèvres closes !

Si ta maison l'accueille et si ton seuil lui plaît,
Aux rumeurs du dehors si tu fermes ta porte,
Si tu sais bien garder les trésors qu'il apporte,
Il peut rester longtemps, hôte sûr et discret.

Mais il a peur du bruit, de la foule et du nombre,
Et si l'on soulevait seulement pour le voir,
L'espace d'un matin ou l'espace d'un soir,
Pour contempler de près son reflet ou son ombre,

Le lin léger qui flotte à l'entour de ses traits,
Il s'enfuirait bien vite, envolé pour jamais !
Prends garde que l'Amour, quelque jour à sa suite,
En partant loin de toi, l'entraîne dans sa fuite...

Et quand il sera loin... tes appels seront vains,
Il ne revient jamais par les mêmes chemins !
Alors, derrière lui, va glaner par les routes,
Les fleurs qu'il effeuilla, recueille-les bien toutes !

De tous ses souvenirs fais une ample moisson,
Son ombre semblera la même à ta maison ;
Garde sa place vide à ton foyer morose,
Sur son bouquet fané drape son voile rose

Qu'il laissa en partant tomber à ses côtés,
Et nul n'apercevra sous le voile enchanté
Que vous ne gardez plus que des cendres de roses ;
Mystère aux yeux baissés, Silence aux lèvres closes !

SOLITUDE

Aujourd'hui, je suis seule et je vais m'attrister,
Sans vouloir réagir. O douce volupté...
Je vais penser encore à des choses très sombres...

Tous les vieux souvenirs, montant dans la pénombre,
Se lèveront vers moi, et me prenant la main,
Me feront repasser par tous les vieux chemins !

Et pleurant sans chagrin, et soupirant sans peine,
Je trouverai du charme à ma tristesse vaine...
Car je sais que ce soir vous reviendrez tous deux.

Avec de bons regards, des visages heureux,
Inquiets et contents ; déjà toute charmée
J'entends ta chère voix : « Nous voilà, mon aimée ! »

Deux bons petits bras frais se noueront à mon cou
Et tous vos chers baisers me reviendront très doux !
Et je me laisse aller à ma mélancolie,

Comme on aime parfois à regarder la pluie
D'un orage, sachant que le bleu reviendra...
Moi, je sais que ce soir, tous deux vous serez là !

L'ATTENTE

Lorsque l'Amour viendra pour vous qui l'attendez
Se blottir tout entier aux bras que vous tendez,
Sur son corps frêle et nu refermez-les bien vite :
Craignez qu'il n'obéisse à la voix qui l'invite
A s'envoler ailleurs, et qu'un soir triste et doux,
Peut-être sans vous voir il passe auprès de vous ;
Retenez bien l'Amour, ô vous qui l'attendez !

Qu'il est long à venir, pour vous qui l'attendez !
Les guirlandes de fleurs que pour lui vous tendez

Dans votre cœur fermé et dans vos palais vides,
Pendant les froids hivers ou les étés torrides,
Vont s'effeuiller bientôt s'il ne se hâte pas :
D'angoisse et de désir, vous soupirez tout bas...
Et s'il ne venait pas, pour vous qui l'attendez ?

L'Amour n'est pas venu pour vous qui l'attendiez...
Aveugle, il n'a pas vu les bras que vous tendiez
Ni compris les appels de votre cœur avide !
Sans ralentir pour vous son vol sûr et rapide
Il est passé un soir au détour du chemin...
Il a tourné la tête... il a fermé sa main...
L'Amour ne viendra plus pour vous qui l'attendiez !

ℵ OËL

O mes petits souliers aux rubans de couleurs
Qui dormez maintenant, frivoles voyageurs,
Avec les souvenirs des heureuses années,
Je vous mettrai ce soir devant la cheminée

Où Noël autrefois, messager de bonheur,
Vous laissait tout chargés de présents et de fleurs.
Viendra-t-il cette nuit, sa ronde terminée,
Devant mon âtre éteint où les fleurs sont fanées ?

Maintenant que l'Amour de son geste vainqueur
En passant dans ma vie a déchiré mon cœur,
J'ai peur de ne trouver devant la cheminée

Où s'entasse et s'éteint la cendre de l'année,
Dans les petits souliers au ruban de couleur,
Que l'ombre de l'amour et l'ombre du bonheur !

CONFESSION

Seigneur, j'ai méconnu votre loi souveraine,
Qui veut que dans la joie ainsi que dans la peine
Notre cœur à l'amour se donne tout entier :
J'ai trop fermé le mien, susceptible et altier...

Personne n'aura lu ce livre dont les pages
Ont tourné pour moi seule, en vivantes images.
Je n'ai rien voulu dire et rien voulu livrer
De mon jardin secret aux intimes pensers.

J'ai passé dans la vie et n'ai pas voulu dire
Ce que, peine ou bonheur, voilait mon doux sourire,
Qui, toujours obstiné, immuable et trompeur,
A gardé les trésors, les rêves de mon cœur !

On n'a jamais rien su de mon âme cachée,
Ni le bonheur qui dure ou les larmes séchées,
Ni les espoirs déçus, les regrets attardés ;
Pour moi j'ai tout cueilli, et pour moi j'ai gardé

Les gerbes de bonheur ou de tristesse, écloses,
Au jardin merveilleux au fond de l'âme enclose,
Aux brises des printemps, au souffle des étés...
Et voilà, qu'aujourd'hui, Seigneur, vous tourmentez

Ce cœur trop orgueilleux qui sut si bien se taire...
A force de glaner pour moi les vaines fleurs
De mes espoirs muets, de mes désirs vainqueurs,
Le jardin est désert ; au sentier solitaire

Où son orgueil se plaît, mon cœur attend en vain,
Impassible et lassé, qu'on lui tende la main !
La porte ne sait plus s'ouvrir, si longtemps close,
Au passant qui voudrait franchir le seuil morose,

Et nul n'entrera plus dans le jardin désert...
Les printemps sont passés, et las et triste et fier,
En gardant pour lui seul le trésor inutile,
Mon cœur s'en va mourir, dédaigneux et stérile !

LAMENTO

J'ai du chagrin ce soir, veux-tu me consoler ?
Veux-tu sur ton épaule, appuyant mon front las,
Laisser mon cœur si lourd se plaindre un peu tout bas,
Et mes larmes couler ?

J'ai du chagrin ce soir, et sans savoir pourquoi !
Est-ce pressentiment, déception, regret ?
Quelque chose en mon cœur qui meurt ou bien qui naît ?
Et je ne sais pas quoi !

J'ai du chagrin ce soir, il faut me consoler !
Sans me rien demander, et sans plus en savoir,
Laisser se lamenter ma peine de ce soir
          Et mon cœur soupirer !

> Que vous ai-je donc fait, ô mes belles années,
> Pour m'avoir fui si vite, et vous être éloignées !
>
> V. Hugo

Hélas ! Est-il donc vrai, ô ma belle jeunesse,
Que vous vous enfuyez, emportant l'allégresse
Qui bondissait en moi aux plus beaux de mes jours ?
Bientôt vous partirez, sans espoir de retour !

Vous aurais-je donc mal autrefois accueillie
Que pour vous retenir, ô fugitive amie,
J'ai beau tendre mes bras, ouvrir tout grand mon cœur...
Vous ne reviendrez pas, et je songe... et j'ai peur !

Avez-vous donc pensé que mon charme fragile
Avait assez duré, ou qu'il fût inutile
Pour avoir fait si tôt se poudrer mes cheveux
Et pour avoir déjà, tout au fond de mes yeux

Comme un reflet mouvant sur une eau endormie,
Fait poindre la tristesse et la mélancolie ?
Quoi, déjà vous partez, les mains pleines des fleurs
De tous mes beaux espoirs, de tous mes chers bonheurs !

Et j'ai laissé passer tant de jours sans sourire !
Souvent je n'ai pas dit les mots qu'il fallait dire !
Et souvent j'ai laissé s'assombrir mes printemps
Par ces grands désespoirs qu'on connaît à vingt ans !

J'ai peur d'avoir perdu pour un chagrin d'une heure
Tant de jours de soleil, de tendresse, et je pleure
En songeant que bientôt vont mourir mes espoirs,
Comme ces fleurs d'hier qui tomberont ce soir.

Je songe que tout part, sans que rien nous revienne,
Hors le charme gardé des tendresses anciennes...
Alors, j'ai surtout peur, ô mes si chers amours,
De n'avoir pas bien su vous aimer tous les jours.

A TOI

Le soir, quand tout s'éteint, se fond dans la nuit pâle,
Et quand le pré s'argente à la lune d'opale,
Quand le chant des bergers s'apaise au fond des bois,
Si je ferme les yeux, c'est toi que je revois.

Quand la source d'argent tout bas rit et murmure
Et quand le vent du soir fait chanter la ramure,
Modulant dans la nuit un hymne palpitant,
Je prête un peu l'oreille, et c'est toi que j'entends.

Si la brise, en passant, me grise et me caresse,
Mon cœur, tout plein de toi, éperdu de tendresse,
A deviné ton souffle, apporté par le vent,
Qui me frôle et m'éveille à son frémissement.

Et quand je m'en irai, doucement endormie,
Le vent pour me bercer prendra ta voix amie,
Et dans la nuit sans fin qui nous ramène à Dieu,
A travers mes yeux clos, je verrai tes doux yeux.

L'ABSENCE

Pourquoi quand le soir meurt au fond des cieux pâlis,
Allumant une à une à nos fronts les étoiles,
N'ai-je donc plus tes yeux qu'en un rêve imprécis
Qui se perd dans la nuit, effacé sous ses voiles?

Pourquoi, quand vient la brise au souffle caressant,
Dispersant dans les airs l'âme des roses mortes,
N'ai-je donc plus ta voix, doux écho frémissant
Se mêlant dans les chants que la brise m'apporte?

Pourquoi, quand je suis loin, où tu ne me sais pas,
Veux-je toujours attendre au détour de la route
Que mes pas, par hasard, aient rencontré tes pas,
Que j'entende ta voix dans les bruits que j'écoute ?

Pourquoi, quand je verrai mon suprême soleil,
Ne pourrai-je donc pas, comme un mot de prière,
Dire tout bas ton nom pour bercer mon sommeil
Et réchauffer mon cœur endormi sous la pierre ?

DU VENT DANS LA NUIT

Que n'es-tu là ce soir où j'ai peur de l'orage ?
Au dehors on entend le vent qui, dans sa rage,
Fait se tordre le saule et gémir le sapin...
Mon Dieu ! quand reviendra le calme du matin ?
J'ai peur de cette voix plaintive et menaçante
Qui s'acharne à ma porte ; et toute frémissante
J'ai peur ! tu n'es pas là, quand j'aurais tant besoin
De l'abri de tes bras... et je te sais si loin !

Je sens autour de moi l'invisible présence
Qui rôde dans la nuit et peuple le silence,
J'entends craquer en bas la tige des sureaux,
Et dans le bruit que fait l'averse à mes carreaux
J'ai peur en écoutant, j'ai peur de reconnaître
Des doigts, méchants et fous, qui frappent ma fenêtre...
J'ai peur de regarder, car je tremble de voir
Le visage hurlant deviné dans le noir.

Je retiens à deux mains mon cœur vif qui m'oppresse,
Pour écouter la voix qui menace ou caresse,
Qui ne s'arrête un peu que pour clamer plus fort
Son horrible chanson d'épouvante et de mort.
Qui fait trembler les murs, et méchante ou farouche,
Couvre le cri d'angoisse étouffé sur ma bouche...
J'ai peur... et je voudrais, mais je n'ose m'enfuir...
Quelqu'un pleure à ma porte et je ne puis l'ouvrir...

De cris et de soupirs la maison est remplie,
Voix qui gémit tout bas ou qui gronde ou supplie...
Mais tout à coup la voix est douce comme un chant
Les cris se sont changés en murmure touchant...
Mon cœur s'apaise un peu d'avoir battu trop vite,
Et j'ai besoin de croire en cette nuit maudite
Que dans le jour béni, vous nous mettez, Seigneur,
Du soleil plein les yeux, de l'amour plein le cœur !

LA ROSE

Cette rose d'hier n'aura duré qu'un jour!
Voici que vers le sol s'incline son cœur lourd.
Des larmes de la nuit encor toute mouillée,
Lentement, comme on pleure, elle s'est effeuillée...

Et je sens en moi-même, à la rose pareil,
Fleur qui n'aura vécu qu'un unique soleil,
Mon cœur, éclos d'hier, qui n'a fleuri qu'à peine,
Et qui s'en va mourir de sa tendresse vaine!

SOUS LES ARBRES

Allons-nous-en tous deux, là-bas, vers la fontaine
Au murmure très doux que l'on entend à peine ;
Viens, nous nous assoirons tous deux sur le vieux banc,
Sous les arbres dorés par le soleil couchant.

Les marronniers en fleurs, de leurs pétales frêles,
Feront pleuvoir sur nous comme un frôlement d'ailes.
Tu seras à mes pieds, comme un enfant câlin,
Je retiendrai ton front appuyé sur ma main,

Et pour mieux en calmer la fatigue et la fièvre,
J'y poserai, très doux, les baisers de ma lèvre
Qui t'apaiseront vite et te caresseront
Comme un vol d'oiseaux blancs qui passent et s'en vont !

Nous ne parlerons pas... à quoi bon nous sourire !
Mais nous écouterons, charmés, sans nous rien dire,
Le gazouillis d'oiseaux, de papillons, de fleurs
S'éveillant pour nous deux, dans la verte tiédeur.

Et, si, trop éblouie, à la chaude lumière,
Un instant, sur mes yeux, je ferme ma paupière,
Ne t'attriste pas trop, si tu surprends mes pleurs...
C'est que j'aurai goûté l'infini du bonheur !

LES PEUPLIERS

C'est le soir qui défaille au brasier du soleil.
Les peupliers là-bas se dressent dans le ciel,
Gigantesques rameaux d'un merveilleux bocage,
Volière à l'incessant et multiple ramage.
Lignes sombres au fond de l'horizon sanglant,
Ils regardent d'en haut le globe qui descend
Tout entouré de feu, teignant l'horizon rouge...
Sous le vent qui se meurt, pas un arbre ne bouge,
Et quand le grand soleil éteint ses rayons d'or,
Seuls, les grands peupliers, debout, vibrent encor !

Tout s'endort et tout meurt, et dans l'air qui se pâme
On entend murmurer, tout bas, comme un bruit d'âme,
Le feuillage agité d'un long frissonnement
Qui prolonge, infini, son cliquetis mouvant.
Maintenant, c'est la nuit, c'est la grande berceuse
Endormant pour un temps l'humanité fiévreuse,
Au cœur des grands lis blancs dorment les papillons,
On n'entend plus le chant des crapauds, des grillons,
Les oiseaux, dans leurs nids, ont la tête sous l'aile,
C'est la paix qui se fait, infinie, éternelle...
Le jour évanoui emporta tous les bruits...
Les grands peupliers d'or frissonnent dans la nuit.

Au creux sombre de l'herbe un ver luisant s'allume,
Comme un joyau tombé et perdu dans la brume ;
Là-bas, sur la forêt, la lune au profil blanc
Monte dans le ciel noir, et son rayon tremblant
Vient effleurer la plaine où s'allonge immobile
L'ombre des arbres noirs que la forêt profile.
On n'entend plus au loin, dans la nuit répété,
Le pas du voyageur sur la route attardé,
Pas un souffle sur terre, en l'air pas un murmure,
Un silence agrandi monte dans la nuit pure,
De ce calme infini la vie a déjà fui,
Les peupliers d'argent sanglotent dans la nuit !

Comme une voix perdue, on entend, solitaire,
Un doux chant obstiné qui ne veut pas se taire.
Dans la vie, en des cœurs, tel l'amour s'est penché
Éblouissante aurore, ou flamboyant couché ;
Mais toujours, que la joie ardente les caresse,
Ou qu'ils pleurent tout bas d'une intime détresse,
Au fond des cœurs meurtris, sans trêve et sans repos,
Du passé disparu bourdonnent les sanglots...
Que le temps pour eux sème ou la joie ou le rêve,
Par-dessus tous les chants, un chant triste s'élève,
Au vent du souvenir pleure un amour enfui,
Tels, les peupliers noirs qui pleurent dans la nuit !

UN MATIN

Dans la douceur des soirs, quand s'endort la pensée,
Quand mon âme qui songe, en la nuit apaisée,
Se refraîchit au calme infini qui s'épand,
Tout au fond de mon cœur, ainsi qu'un astre blanc,
Se lève un souvenir, d'une journée heureuse,
De ma jeunesse enfuie étape radieuse,
Où je retrouve encor, après les ans comptés,
Toute la joie enclose en mes jeunes étés...

Vous souvient-il encor de cette heure dorée,
Où sous le ciel joyeux vous m'avez rencontrée?

Tout souriait pour nous dans cette aube d'avril,
De ce matin béni, ne vous en souvient-il ?
Sous les grands marronniers il neigeait des fleurs roses,
Et les pleurs du matin mouillaient le cœur des roses.
Les cloches d'alentour annonçaient l'Angélus...
Leurs sons se prolongeaient, infinis et ténus,
Et dans la plaine en fleurs par le soleil dorée,
Ce matin de printemps vous m'avez rencontrée
Et nous nous regardions, tous les deux, rougissants;
J'avais cueilli des fleurs, des mauves pâlissant
Auprès de grands lis purs, et de folles fougères,
Du lilas frêle et blanc, et des roses trémières...
En vous voyant venir, mes bras se sont ouverts,
Et ma moisson de fleurs tomba sur les prés verts.
Vous avez pris ma main... et j'ai frissonné toute...
Sans nous être rien dit, suivant la même route
Sous le soleil joyeux qui semblait nous bénir,
Nos vingt ans souriaient chantant à l'avenir !

. . . .

Nous sommes maintenant séparés l'un de l'autre,
Et je vais mon chemin sans rencontrer le vôtre.
Les lis se sont fanés, et mon cœur avec eux...
Mais je rêve souvent et nous revois tous deux,
Vous très fier et très beau, moi, dans ma robe blanche
Qui me faisait pareille au grand lis qui se penche,
Au détour du chemin écoutant l'Angélus,
Dont le chant égrené ne nous bercera plus !

Et je pleure, à sentir que pour nous s'est fanée,
Dans la brume du temps la douce matinée...
Il ne reviendra plus, le clair matin d'avril !
Et si je vous revois, vous en souviendra-t-il ?

O MON AMOUR

Voici l'été fleuri, ô mon très cher amour,
La chanson des frelons endort le cœur des roses,
Et tout semble oublier les longs hivers moroses,
Voudrez-vous pas aimer, quand viennent les beaux jours ?

Voici l'automne roux, ô mon très cher amour,
Les feuilles vont mourir, et lasses et fanées,
Volent sur les chemins, par le vent ramenées,
Voudrez-vous pas aimer, enfin à votre tour ?

Voici l'hiver mourant, ô mon très cher amour,
Le chrysanthème pleure au fond des cimetières,
Et rien ne fleurit plus au creux des vieilles pierres,
Voudrais-tu pas m'aimer, moi qui t'aime toujours ?

UN CONTE

Il pleut !... pour égayer ce long et triste jour
Si nous parlions un peu des fleurs et de l'amour ?
Voulez-vous, mon ami, que nous disions un conte
Comme aux petits enfants le soir on en raconte,
Avec un bon génie, et des princes dorés,
Des princesses, des rois, de mystère parés.
Ça pourrait se passer dans ces pays magiques
Où les arbres toujours ont des fleurs fantastiques.
Je serai la princesse aux doux yeux de velours,
La princesse très belle, objet de vos amours,

J'aurai de blonds cheveux, roulés en boucles folles,
Un manteau de brocart, garni de girandoles,
Une robe de lin, au col brodé de lis,
La taille souple et fine et le sourire exquis.
Par un mauvais sorcier, toujours persécutée,
J'habiterai très loin une tour isolée
Jusqu'au jour où le roi, très vaillant et très beau
Me viendra délivrer de ce vivant tombeau.
Toujours à mon balcon, guettant dans la nuit brune
J'attendrai sa venue, aux clartés de la lune.
Vous, vous serez le roi, casque d'or et de feu,
Avec un pourpoint blanc sous un long manteau bleu,
Monté sur un coursier très noir et très rapide,
Vous passerez le soir, près de l'étang perfide,
Évitant dans la nuit les noirs sentiers couverts,
Où tournoient sous le bois les elfes aux yeux verts.
Vous vous arrêterez, charmé, sous ma fenêtre,
Et vous vous écrierez, en me voyant paraître :
« Vous êtes ma princesse, un lutin me conduit,
Et pour vous conquérir, j'ai traversé la nuit.
Je vous vois donc enfin, ce n'est point un mensonge,
Car depuis si longtemps je vous ai vue en songe !
Je vous donne mon cœur que je vous ai gardé ;
Donnez-moi votre amour, faites-m'en charité ;
Je vous vois donc sourire, ô ma belle inconnue,
Dont j'ai, jusqu'à ce jour, attendu la venue
Vous serez souveraine au pays merveilleux
Où jamais homme ou roi ne vit de si beaux yeux. »

Je vous répondrai : Oui, d'une voix qui s'envole,
Je rougirai un peu, baissant ma tête folle,
Moi qui vous attendais de tout mon bel espoir,
Je pourrai croire à peine au bonheur de vous voir.
Alors, pour vous aider, tant ma joie sera grande,
Je laisserai tomber, nouvelle Mélisande,
Parmi les flots dorés de mes cheveux défaits
L'échelle en fil de lin, que dans l'obscur retrait
Mes mains, légers fuseaux, de leur geste fragile
Tournèrent en pensant à vous, mon prince agile,
Vous monterez très vite au vieux balcon verdi
Souriant et joyeux, beau chevalier hardi !...

Et quand le grand soleil en perçant la nuée
Viendra rendre la joie à la terre embrumée,
Quand dans leurs nids séchés tous les petits oiseaux
Gazouilleront pour nous leurs plus jolis morceaux,
Quand les roses pleurant les larmes de l'orage,
Secoueront leur calice ainsi qu'un doux visage,
Nous quitterons tous deux nos beaux habits brodés,
Vous, votre noir cheval, moi, mes cheveux dorés,
Nous descendrons sur terre après notre voyage
Dans le pays lointain de notre doux mirage,
Nous reprendrons tous deux le ton accoutumé,
La douce rêverie, un livre abandonné,
Et quand tous nos lutins avec nos bons génies,
Le prince, la princesse et toutes nos folies,

Emportant la douceur du si charmant amour
Que nous aurons rêvé pendant ce triste jour,
S'en iront par les prés que le soleil essuie...
Nous nous prendrons peut-être à regretter la pluie !

> Mais il ne savait rien de cette âme profonde.
>
> . P. BOURGET (*les Deux Lacs.*)

Ses baisers ont le goût des roses de l'automne;
Au miel divin des fleurs se mêle le regret
Des choses qui s'en vont. O charme monotone
Des lèvres qui jamais ne diront leur secret!

Bien souvent dans ses yeux où se perd ma tendresse
Son âme est si lointaine et si proche à la fois,
Palpitante de joie ou d'intime détresse,
Que je voudrais la prendre et l'absorber en moi.

Son amour a pour moi tout l'attrait d'un mystère
Inaccessible et doux, cruel et tendre aussi.
Je la sais près de moi, et pourtant, solitaire,
Je m'en vais mon chemin et j'appelle l'oubli !

Et je ne sais rien d'elle, hormis que je l'adore,
Elle est là ! Et pourtant, à travers ses grands yeux
Je la sens qui m'échappe et qui poursuit encore
Son rêve qui l'emporte au pays merveilleux !

VIEUX CHAGRINS

On dit que tout s'efface, on dit que tout s'éteint,
Que les jours de douleur ont d'heureux lendemains,
Oui, c'est vrai, tout s'envole, et chaque jour qui passe
Emporte un souvenir qui se perd et s'efface.

Mais il est des chagrins qu'on s'obstine à garder,
Parfois on peut sourire, et même on peut chanter,
On croit que l'avenir au merveilleux visage,
Va luire, heureux enfin, adorable mirage.

On espère, on palpite, on voudrait le saisir...
Et puis, que près de nous passe un nom, un soupir,
Un parfum, une voix, une chanson perdue,
Et tout au fond du cœur, quelque chose remue...

Dans un grand tourbillon le rêve d'or se meurt,
Les souvenirs perdus reviennent tous en chœur.
Et tandis que bien loin au gré de toute brise
L'espoir s'est envolé, dans le cœur qui se brise

Un vieux chagrin d'antan se lamente tout bas,
Comme un chant triste et doux qui ne se taira pas !

A QUOI BON

A quoi bon tant rêver? Puisque les heures douces,
Une à une envolée, à jamais s'en iront
Emportant nos bonheurs dans le vent qui les pousse?
      A quoi bon?

A quoi bon tant aimer et tant chanter la gloire?
Puisque la mort viendra, avec l'oubli sans nom,
Éteindre tous les cœurs et toutes les mémoires?
      A quoi bon?

A quoi bon tant pleurer, et pourquoi tant sourire?
Peine ou joie, il faudra dans le néant profond
Quitter tout en un jour, le meilleur et le pire ?
A quoi bon ?

A quoi bon tant lutter, toutes luttes sont vaines,
Puisqu'un jour, tous égaux, les méchants et les bons
Dormiront côte à côte au fond des nuits sereines?
A quoi bon ?

AMOUR D'HIVER

Quand il la vit, c'était l'automne,
Et le vent monotone
Disait son chant triste et lassé
Au jardin délaissé.

Plus une fleur ! Le chrysanthème,
Dans le jour terne et blême
Pour eux, tout seul, dressait encor
Sa lourde houppe d'or.

Les feuilles en tournant s'abattaient sur les mousses
Comme des mains d'enfant qui se posent très douces,
Tout le long du jour leurs deux cœurs, à l'unisson,
Sans se lasser redisaient la même chanson.
Le houx seul fleurissait, gouttes de sang rouillées.
Les nids étaient déserts aux branches dépouillées.
Quand il l'aima, je me souviens, c'était l'hiver,
Rien ne fleurissait plus dans le jardin désert ;
Que les jours étaient courts ! Ils ont passé si vite,
Qu'ils ont enveloppé leur amour dans leur fuite :

Seule elle vit fleurir le lilas mauve et blanc,
Car leur amour d'hiver n'a pas vu le printemps !

CHRYSANTHÈMES

Chrysanthème étrange, aux sanglants pétales,
Chrysanthème doux, tel un souvenir,
Chrysanthème mélancolique et pâle,
Chrysanthème triste et semblant mourir,

Chrysanthème blanc, pur comme les neiges,
Chrysanthème d'or tout plein de soleil,
Chrysanthème ardent, fleur de sortilèges,
Chrysanthème roux plein de sang vermeil.

Dans vos parfums frissonne,
Frêle comme un aveu,
La beauté de l'automne,
Troublant comme un adieu.

Vous seuls, fleurs des longs soirs,
Où de vagues tristesses
Font sombrer nos espoirs,
Au milieu des pâles détresses,

Dites les jours qui ne reviendront plus :
Tristes reflets des beaux étés perdus !
Fleurs de mystère, en le deuil qui s'épleure
Redites tout bas à ceux que l'on pleure :

Semant vos pétales épars,
Fleurs d'agonie et de souffrance,
Qu'ils ont encor la bonne part,
Le grand oubli et le silence !

* * *

Moi qui ne crois à rien, je crois à la magie
De tes deux grands yeux noirs illuminant ma vie !
A ton tendre sourire, à tout ton charme enfin,
Qui me remplit le cœur comme un rayon divin !

Moi qui ne crois à rien, je crois à la folie
De voir en tes doux yeux, ô mon exquise amie,
Comme un oiseau tremblant, qui s'effare, peureux,
Ton âme qui se trouble en rencontrant mes yeux !

Moi qui ne crois en rien, je croirai que la vie
Emporte jusqu'aux cieux mon âme épanouie,
Quand, lasse enfin d'écarter le bonheur,
Tu viendras, doux oiseau, t'abattre sur mon cœur!

* * *

Écoutez ! c'est le vent qui passe
Et fait frémir l'herbe du pré...
On devine à travers l'espace
La caresse d'un long baiser.

Écoutez ! la source fuyante
Qui murmure sous les grands bois.
Il semblerait qu'on entende
Dans l'ombre pleurer une voix !

Regardez les blondes étoiles
Qui frissonnent dans le ciel noir.
On dirait à travers leurs voiles
Qu'elles seules peuvent tout voir.

C'est mon bien-aimé qui se cache
Près de la source et dans le vent ;
Tout près de moi sans qu'on le sache
Son âme ainsi passe souvent.

LES RÊVES

Mon rêve d'enfant vole ainsi qu'une hirondelle,
Qui sous le ciel joyeux veut essayer son aile ;
Tout au long de l'allée où pleure le bouleau,
Mon rêve s'achemine, incertain et nouveau.

Dans la plaine infinie, où la brise qui passe
Met un frisson doré qui se meut et s'espace,
Mon rêve s'alanguit à la chaleur du jour,
Rêve de volupté, de tendresse et d'amour !

Comme un aigle orgueilleux que grise la lumière
Dans le midi joyeux ou sous la lune altière,
Mon rêve en s'envolant, monte, ivre, épanoui,
Rêve de gloire, d'art et d'orgueil infini !

Sur la plage déserte, au bruit des vagues lourdes,
Près des flots dont la voix chante une plainte sourde
Mes rêves désolés sont venus s'échouer,
Pauvres mirages d'or que le temps va tuer !...

Ils ne monteront plus, oiseaux fous et rapides
Tout grisés de soleil et de lumière avides,
Et je garde en mon cœur un coin mystérieux,
Où je pleure à jamais les rêves merveilleux !

CLAIR DE LUNE

La lune douce
Luit sur la mousse,
Et puis ma mie
Est si jolie !

Partons, mon amour, par les prés, fuyant,
On dirait ce soir un tapis de neige,
Où l'ombre qui passe en mouvant cortège
Semble une ronde d'elfes tournoyant !

La lune douce
Luit sur la mousse,
Et puis ma mie
Est si jolie!

Vois-tu sur l'étang se pencher le saule ?
Le vent de la nuit fait se plisser l'eau
Et l'on voit alors, mirage nouveau,
La lune en morceaux, qu'en passant l'eau frôle.

La lune douce
Luit sur la mousse,
Et puis ma mie
Est si jolie !

Nous irons là-bas, dans la forêt brune,
Et, sous le couvert des arbres moussus,
Pour guider nos pas dans l'ombre perdus,
J'aurai tes grands yeux éclipsant la lune !

La lune douce
Luit sur la mousse,
Et puis ma mie
Est si jolie !

Peut-être alors dans la nuit fantastique
Les elfes cueillant les blancs romarins,
Cueilleront nos cœurs, et puis dans leurs mains
Les emporteront au pays magique.

La lune douce
Luit sur la mousse,
Et puis ma mie
Est si jolie!

LES CLOCHES

Les cloches ont tinté pour la mort de ma mie,
Comme vous étiez pâle, ô ma chère endormie !
O ma si douce fleur, que vous étiez jolie !
Tintez, cloches du soir, votre plainte infinie !

Les cloches ont vibré pour la mort de mon cœur :
Le matin sur sa tombe avait semé ses pleurs,
Les arbres du chemin ont fait neiger des fleurs :
Vibrez, cloches du soir, endormez ma douleur !

Les cloches ont sonné pour la mort de ma rose,
Elle est partie un soir, oubliant toute chose;
Son âme s'envola sur un nuage rose :
Sonnez, cloches du soir, sous le couchant morose!

Les cloches ont pleuré pour la mort de ma brune,
Et leurs sons s'égrenaient par les prés blancs de lune,
Les étoiles au ciel s'allumaient une à une :
Pleurez, cloches du soir, pleurez dans la nuit brune!

Vous sonnerez demain, ô mes cloches amies,
Vous sonnerez demain pour la mort de mon cœur,
Mon âme s'éteindra avec l'adieu des roses
Et vous l'emporterez sur un rayon de lune !

POUR L'AIMÉ

J'ai passé, ce soir-là, sur la route fleurie
Des églantiers blancs, pour que tout me sourie,
Et j'ai baisé les fleurs en murmurant tout bas :
« Demain, lorsque l'aimé, laissant errer ses pas
Près de vous passera, dans un frôlement d'ailes
Faites neiger sur lui tous vos pétales frêles ;
Que tous les chants d'oiseaux, les parfums, les rumeurs,
S'éveillent pour lui seul dans la verte tiédeur. »
J'ai dit au vent qui passe, aux feuilles chuchotantes:
« Ne parlez que de moi dans vos chansons errantes,

Que ce soit mon nom seul qu'il entende passer,
Léger comme un bruit d'aile et doux comme un baiser »,
Et j'ai dit aux oiseaux, j'ai dit aux coccinelles :
« Que mon nom soit redit au rythme de vos ailes,
Que tout mon bel amour soit semé devant lui,
Et que tout ce qui vibre et que tout ce qui luit,
Tous les rayonnements, toutes les harmonies,
Dise à son cœur troublé de douceur infinie,
Que j'ai passé par là dans l'adieu du soleil
Qui me faisait plus rose en la splendeur du ciel,
Que j'ai semé mon âme aux branches de la route
Pour qu'en passant demain il la recueille toute ! »

POUR VOUS

Mon seul plaisir à moi, c'est de vous regarder.
Car voici que ma vie à la nuit s'achemine
Et je ne suis pas sûr de pouvoir m'attarder
A la prochaine aurore, au beau soir qui décline.
Mon seul plaisir à moi, c'est de vous regarder
Dans votre longue robe, ainsi qu'une fleur blanche,
Vous semblez un grand lis qui, fier, vers moi se penche
Et calme ma révolte et toute ma rancœur
Au parfum pur et frais qu'il répand sur mon cœur!

Mon seul plaisir à moi, c'est de vous écouter,
Le timbre grave et doux de votre voix m'apaise,
Et calme mes chagrins, et me fait écarter
Par un charme divin, les soucis, les malaises,
Mon seul plaisir à moi, c'est de vous écouter,
Car la chanson divine en tombant de vos lèvres,
Fait que je sens mon cœur dévoré par les fièvres,
Qui renaît à la paix, et qui devient meilleur,
Et mes yeux, malgré moi, se remplissent de pleurs!

Mon seul bonheur à moi, c'est de vous adorer,
Mais de loin, comme on prie en silence la Vierge,
Tout au fond de moi-même un autel s'est paré,
Tout parfumé de lis avec l'encens des cierges.
Mon seul bonheur à moi, c'est de vous adorer,
Et je veux, sur l'autel, jusqu'à l'heure dernière,
Déposer pour vous seule, ô ma douce lumière,
Les couronnes de fleurs que mon cœur tressera
Et dont le doux parfum avec moi s'éteindra!

SANS LE SAVOIR

J'ai passé près de vous, vous n'en avez rien su !
Un instant mon chemin a croisé votre route,
Et de l'ombre où j'étais, un soir je vous ai vu
Passer tout près de moi, et j'ai frissonné toute...
Vos yeux se sont posés sur les miens un instant...
Puis vous avez repris votre air las et distant...
J'ai passé près de vous, vous n'en avez rien su !

Vos yeux m'ont pris le cœur, vous n'en avez rien su !
Sitôt que sur les miens j'ai senti leur caresse,

Mon cœur s'est mis à battre, haletant, éperdu...
Élevant jusqu'à vous un hymne d'allégresse...
Comme un pauvre oiseau fou aveuglé de soleil
Il est parti vers vous, dans l'horizon vermeil...
Vos yeux m'ont pris le cœur, vous n'en avez rien su !

Et mon cœur s'est brisé, sans que vous l'ayez su !
L'amour n'est pas joyeux s'il est sans espérance...
Car il a trop battu, ce cœur si tôt déçu
Que vous avez cueilli, et j'ai tu ma souffrance...
Si je n'en ai rien dit, pourquoi vous étonner?
Si je l'ose aujourd'hui, il faut me pardonner,
Car mon cœur s'est brisé sans que vous l'ayez su !

TABLE

___

IMP. JOUVE & Cⁱᵉ, 15, RUE RACINE, PARIS. — 1995-13

POÉSIE

DUPOUR (Philippe). — *Paris*, sonnets, avec préfaces d'Edmond HARAUCOURT et de Charles GÉNIAUX, ouvrage orné de 70 illustrations et hors texte d'après des eaux-fortes, des dessins et des croquis de Jean-Jules DUFOUR, 1 vol. in-16.... 5 fr.

GRANDMOUGIN (Charles). — *Dernières promenades*, 1 vol. in-8° de 170 pages.. 2 fr. 50
Ouvrage couronné par l'Académie française.

— *L'Empereur* (1807-1821), drame épique en vers en 4 actes et 15 tableaux, 1 vol. in-8°, 164 pages............ 2 fr.

GRANOTIER (Paul). — *Dans le silence des rêves*, 1 vol. in-18 de 170 pages..... 3 fr. 50

LAHOVARY (Léon). — *Hier, Aujourd'hui, Demain*, 1 vol. in-8°................ 3 fr.

— *Les Autels et les Tombes*, 1 vol. in-8°.......... 3 fr.

LAMANDÉ (A.). — *La Vie ardente*, 1 vol. in-18 de 200 pages............... 3 fr. 50

SAISSET (Frédéric). — *Paysages de l'âme*, 1 vol. in-18 3 fr.

THÉATRE

CASTELLANI (Charles). — *Vercingétorix*, tragéd. en 4 actes, en vers.............. 2 fr.

GUERLIN (Henri). — *Le Réveil* comédie dramat. en 3 actes et en vers, musique de M. Etesse........... 2 fr.

GABORY (Emile). — *L'An Mille*, drame en quatre actes, en vers............... 2 fr. 50

MARIETTE (Edouard). — *Othello ou le More de Venise*, de W. SHAKESPEARE, drame en 5 actes, en vers.. 2 fr. 50

MARIETTE (Édouard). — *Le Roi d'Aricie* .... 1 fr.

MEUNIER (Alexandre). — *Saint François d'Assise*, drame en 3 actes, en vers...... 2 fr.

— *La Mort d'Hylas*, tragédie en 1 acte, en vers. 1 fr. 50

PERRIÈRE (Maurice DE LA). — *La Fiancée du Juif*, comédie en 3 actes, en prose, avec préf. de Jean DRAULT.. 1 fr.

ÉDITIONS DE LA

REVUE DES POÈTES

Collection bleue

In-8° écu à 3 fr. 50

(Extrait du catalogue)

ANSELME (Raymond D'). — *Simples Esquisses.*

AVANCOURT (Cᵗᵉˢˢᵉ Jean D'). — *Le Poème du Silence.*

DOYSIÉ (Abel). — *Heures de France et d'Exil.*

DROMART (Marie-Louise). — *Le Front voilé.*

FOISIL (Louis). — *La Légende du Mont Saint-Michel.*

PAYSANT (Achille). — *Vers Dieu.*

VERMENOUZE (Arsène). — *Mon Auvergne.*

— *Dernières Veillées.*

ZIDLER (Gustave). — *Pour retrouver l'Enfant.*

Collection blanche

CHATELAIN (U.-V.). — *La Disgrâce de Mᵐᵉ de Brinon.* 1 fr.

LAMANDÉ (A.). — *La Madone brisée* .... 1 fr.

MONTAUDRY (Antoinette). — *Le Silence et le bruit* (scène fantaisiste).......... 1 fr.

Collection ivoirine

THÉDENAT (Abbé Henry), de l'Institut. — *Quelques Vers*, 2ᵉ édition, in-24...... 2 fr.

www.ingramcontent.com/pod-product-compliance
Lightning Source LLC
Chambersburg PA
CBHW071118260626
47162CB00006B/2367

CATALOGUE

DE LA

BIBLIOTHÈQUE

DE

MM. DELIGNIÈRES DE BOMMY ET DE SAINT-AMAND

DONT LA VENTE SE FERA A ABBEVILLE

CHAUSSÉE MARCADÉ Nº 48

Le Lundi 27 Mai et jours suivants

De midi à six heures sans interruption

PAR LE MINISTÈRE DE Mᵉ DUCROVRE

Commissaire-Priseur

ABBEVILLE

IMPRIMERIE BRIEZ, C. PAILLART ET RETAUX

90, CHAUSSÉE MARCADÉ, 90

1872

CATALOGUE

DE LA

BIBLIOTHÈQUE

DE MM. DELIGNIÈRES DE BOMMY ET DELIGNIÈRES DE SAINT-AMAND